自分色の詩

中村慈男

明窓出版

No.4

表紙イラスト　竹内彰一
写真撮影　　　浅井ひろし
陶人形制作　　武山宗た

目　次

目次

はじめに

50年前、幸運にもこの地球に人として生まれ、幸運にも今朝も目が覚め、幸運にもＳＨＯＰの一経営者として生き続け、正に半世紀。

　時代という列車に乗って、少年から青年時代は、模索という名の長い長いトンネルをくぐり、待っていたのは家族と責任、仕事に義務、そして恋と愛。振り返れば走馬燈のように走り出す数々の想い。

50年を想うとき、生きている証を確かめずにはいられず、明日もたぶん有るであろう人生の想いを伝えずにはいられない、そんな熱き衝動が起きたのです。

　本来の姿はもの創り。彫金作品を通して世に問い、世に残す、けれど、熱き想いとこの手は、ＨＢの鉛筆を握って原稿用紙を走り出したのです。

50年の人生列車。俺《おい》らの列車は行き先に迷い、ときには脱線、ときには故障。反省と自己嫌悪。でも今日からは、また、もっと未来へ、もっと熱く。そんな心の断片です。いつ死に遭遇してもかまわない覚悟の遺書なのかも。そんな一人芝居のつぶやきです。自分を観つめて書いた詩集です。

ＳＨＯＰ活動の中で、店頭に立ち、多くの生きざまと出逢い、そして別れがありました。怒り、喜び、悲しみのドラマが、ひとコマひとコマ、心のカレンダーに刻まれています。出逢いこそがこの詩集の原点です。

50編のこんな一人言に、御縁と出逢いがあったとき。同じ目線で同じものが観え、同じ音が聴こえ、同じ香りが感じられたなら、これほど嬉しいことはありません。

この詩集は「俺らは今こそ、この地球に立って生き続けるんだ」と、自分自身に言い聞かせている魂の叫びなのです。

出逢いをいただいたすべての人たちへ

2002年11月　中村《なかむら》慈男《よしお》

自分色の詩

50歳の少年

トンボ捕りに夢中だった　あの日
山や田や畑に向かった　暑い日々
陽が落ちるのも　空腹も　忘れるほど
熱かった少年の　あの頃

時は40年を凹凸として流れ
社会の為に　会社の為に　家庭の為に
現実という敵と闘いながら

――もう　いいでしょう
俺《おい》らは少年に帰らせてもらう

夜明け前の星を仰いだ　あの朝
一点を観つめていた　あの昼下がり
家族がいることも忘れていた　あの夕暮れ

思い出したぞ
あの日　あの山へ置き忘れてきた　大切なもの

感じたぞ
あの胸の　鼓動

あの山へ帰ろう　取り戻しに行こう
今日から俺らは　少年になって

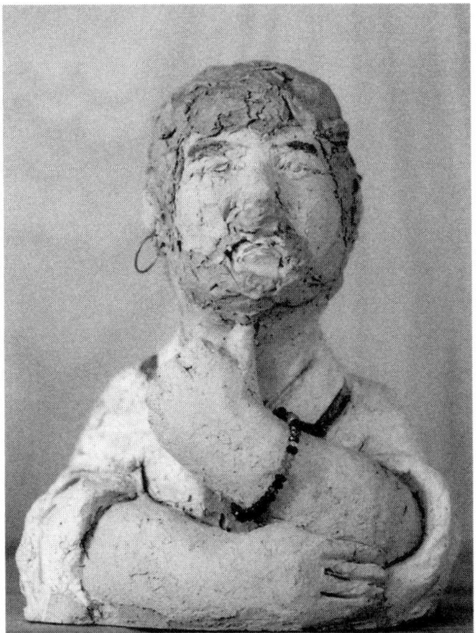

軌　道

君は50年前　地球に人として生まれ

優しい気弱な少年時代
自分が嫌で悩んだ少年時代
規則に噛《か》みついた青春時代
エネルギーを放出した青春時代

オートバイに跨《また》がり
爆音で心の雑音を打ち消した日々
一人　風呂の中では
連夜　死神が誘いかけてくる

心の酸欠状態の中で
内なる二人がいつも闘かっている

時の流れは　少しずつ負の部分を洗い流し
いつの間にかポジティブな　君がいた

何でも観てやろう　やってやろうと心に誓い
迷ったら困難を選び
より高いハードルに挑《いど》み

うぬぼれと　自己嫌悪が行ったり来たり
よくぞ　ここまで生き抜いている　君
俺《おい》らは　そんな君を誉めてやろう

これからも　一緒に生きて行こう

重　心　1

おやじが海で死んだんだよ
良いおやじでね　静かな誰とも争わない人でね

仏さんを引き取りに
そこでは冷めた俺《おい》らがいたんだ

火葬場の煙突から淡く流れる煙を見つめ
何故か　泣けて　情けなくて　切なくて

自分の事のみに生きた28年
流されるままに生きた人生　自分を責めたよ

「おやじ申し訳ない」　心で叫んだ時
煙から雲へと同化した　遠い空から
おやじのメッセージを感じたんだ

「息子よ　私の人生は良い人を装い
耐え続けた自分の無い一生だった
君はこれからだ　思う存分　自分らしく
命と時間を完全燃焼してくれ」

すると　俺らの重心が　喉仏《のどぼとけ》にあった重心が
スーッと下がったんだ　臍《へそ》まで下がったんだ
鎖《くさり》から解き放たれるように

それから22年　不条理に満ちたこの娑婆《しゃば》で
風雨にさらされても　少しは　倒れ難くなった俺らが

今ここに　この地上に立っている

重　心　2

内緒で　自動車学校へ通ってた　おやじ
内緒で　商売の勉強をしてた　おやじ
内緒で　金を貯めてた　おやじ

廻りから　お人好しと言われてた　おやじ
廻りから　優しいだけと言われてた　おやじ
廻りから　あれだけの人と言われてた　おやじ

商売したかったんだろうな
挑戦したかったんだろうな
熱く生きたかったんだろうな

でも　死んだんだよ

今　俺《おい》らは　店がある
今　俺らは　挑戦している
今　俺らは　熱く生きている

おやじの声が　遠い空から聞こえる
「ありがとう」

俺らの魂の半分　おやじが住んでいる

最高の買いもの

サラリーマンが脱サラでＳＨＯＰをつくり
紆余曲折の中　月日は流れてゆき
当時の友人は50歳で早期退職

退職金は1000万円以上だろうな
貯金は1000万円はできたろうな

彼は毎日遊んで暮らすかな
スポーツカーでも買うのかな
世界一周の旅にでも出るのかな

俺ら　貯金無しの借金1000万円
3000万円の差だよ　大変な差だよ

でも　後悔なんかないんだよ
俺ら　最高の買いものをしたんだ
生きざまという
ドラマのスタジオを買ったんだよ

生きざまの窓口

ここは　ドラマのスタジオ
自分色の　オンステージ

生きる証の場所
生きざまの発進基地

時には　心躍《おど》り
時には　血が沸きあがり
時には　涙で化粧をし

仮面を外し　魂ぶつけて　呼びかければ
山彦のように　返ってくる人間模様

俺らは　磨かれていく　宝石を研磨するように

生きざまの窓口　ここは銀魔女《ギンマジョ》
宝ものとの　出逢いの空間

銀魔女寺《ギンマジョ》の観音様

今日も　銀魔女寺の　観音様へ
お参りの信者たちが現れる

初老に赤でんち　ロマンスグレーの信者たち

観音様は　この寺の　かよちゃん
屈託のない笑顔に魂たちが吸いよせられる

目尻下がらせて　口元緩めて　心開いて
冗談に　愚痴に　空《くう》な会話に

でも　笑顔の喜捨《きしゃ》

親から貰った笑顔だろうか
努力の中の笑顔だろうか
人間好きの笑顔だろうか

「ひとり泣く時もあるんです」

俺《おい》ら分かるさ　陽《よう》の中に潜《ひそ》む陰《いん》

笑顔はみんなの宝もの

今日もまた　信者たちが懲《こ》りもせずに
参拝に来る

錆《さび》とおじさん

錆びついた　おじさんが錆びついた

疲れたおじさんの錆は有毒

錆取りの名人は若人《わこうど》

若人はエネルギーの源

ひとりが小さな太陽

太陽から沸き出ている湯気《ゆげ》

おじさんの錆を洗い流す湯気

それは一瞬の微笑《ほほえみ》　優しいしぐさ
遠くをみつめる瞳

若人はいい

女性ならもっといい
素敵な女《ひと》なら絶対いい

挨拶して　ニコニコ
目が合って　ドキドキ
話をして　ウキウキ

湯気に囲まれた俺《おい》らは
いつまでも　いつまでも

錆ない　おじさん

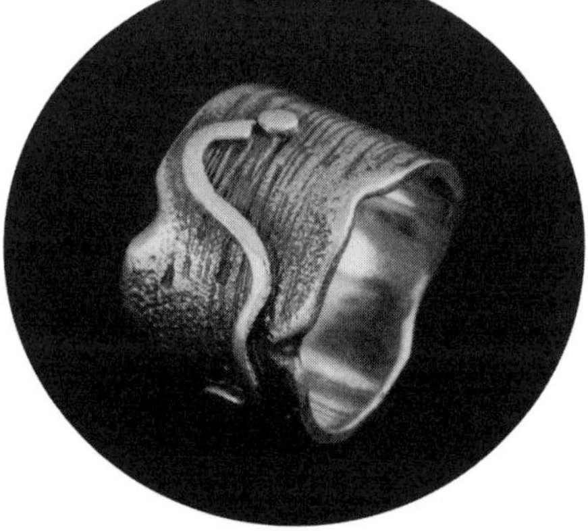

著者作

おじさん指輪《リング》

もしもし　そこのおじさん
声が小さいぜ
目が死んでるぜ
後ろ姿が寂しいぜ

創《つく》ったんだぜ　おじさん指輪
文字とデザインを元気にのせて

DO MY BEST
TAKE IT EASY
PLEASE RELAX

我家が遠くに思うとき
夕暮れに何故か涙がこぼれるとき
明日という字が読めぬとき

夕陽に向って叫ぼうぜ
指輪付けて叫ぼうぜ
「ばかやろう」

俺《おい》らは　俺らだぜ
もう　生きながら殺されねえぞ

魂の栄養剤

錆は全身　ドアは音を立てて
ライトはウインク　ワイパーはスキップ
エンジンはストライキ　飯は大喰い競争参加中

我儘《わがまま》で　気分屋で　手のかかる爺《じい》さんは
1968年生まれのドイツ人

爺さんと旅する時は　全身マッサージに
腹いっぱいの御馳走《ごちそう》

——早々《はやばや》とダウン
休息が多すぎてなかなか目的地へはとどかない

——でもさ　そんな不合理な彼が
憎めなくて　可愛くて　心落ちついて

だから　不合理はオシャレ
不合理は俺らの魂の栄養剤

粋な不良

良《りょう》に非《あら》ず　つまり不良
別に品行の悪さを肯定している訳じゃない

目指すのは　粋な不良
不良は抵抗の兄弟
抵抗は世直しの源流

体制　常識　社会通念
出来上がり固まっている何かへの抵抗
古くて強いコンクリートの壁を拳《こぶし》で叩《たた》くように

格好いい　抵抗
オシャレな　抵抗
粋な　抵抗

もしもし　そこの善人おじさん
一緒に不良しようや

粋にね

著者作

振ろうぜ

真ん中を求め続けて　50年

メトロノームのように　振って振って
観えてくるのは　真ん中　まんなか

善行《ぜんぎょう》も悪行《あくぎょう》も　成功も失敗も　直進も廻り道も
人生旅行の旅の宿

右の宿には喜あり悲あり
左の宿には楽あり苦あり

大きく大きく　振って振って　振りぬいて
皆で真ん中見つけ出し　皆で世の中立て直し

俺《おい》らも　自分に言い聞かせ

真《まこと》を求めて　もっと振ろうぜ

七色仮面

少年の頃　初めてテレビを見た
七色仮面という番組をみんなで見た
本当の顔は誰も知らない
七つの顔を持った正義の使者

楽しかった　わくわくした　あの仮面たち

時は流れ　今

職場では建前を語り
家庭では優しさを演じ
ＰＴＡでは理想を論じ
同窓会では成り上がりを強調し
酒の席ではプレイボーイに徹し

一人になると　そこには無色透明な自分がいた
全部俺《おい》ら

天使に悪魔　実像に虚像　理想に現実
生きる為に必要な仮面たち

さあ　今日は
どんな仮面をつけて街へ繰り出そうか
七色の虹を追っている　俺らは今

——50歳

娑《しゃ》婆《ば》

ドロドロ　ガタガタ　ズキズキ
ハラハラ　フラフラ　ヨレヨレ

娑婆の空気が50年　俺《おい》らの身体に染み込んで

熱い　冷たい　痛い　痒い

泣いて　笑って　怒って　悲しんで

そして　学んで

俺らの肌が覚える　娑婆の人間模様

人生は　パズル

だから　娑婆はおもしろい

天邪鬼《あまのじゃく》

どっちを向いても　天邪鬼
どこへ行っても　天邪鬼

皆が酒飲みゃ　俺らは水
皆が右なら　俺らは左
皆が良なら　俺らは悪

波に乗りたい時もある
「はい」と言いたい時もある
人混みに入ってみたい時もある

世間じゃ　異常
ＳＨＯＰじゃ　真面《まとも》
でも　やっぱり　天邪鬼

流れに反向《そむ》いて　人生街道　廻り道

貧乏神

俺《おい》らは　貧乏鉄の磁石
貧乏神に魅入られた人生　50年

彼等とＳＨＯＰで文化交流

個性と異端の貧乏神
いろんな種族が出没する

長者番付けの貧乏神
外国帰りの貧乏神
塀の中の貧乏神
筆を握った貧乏神
外車乗ってる貧乏神
ポニーテールの貧乏神
ヘネシー飲んでる貧乏神
ティファニー付けてる貧乏神
ざーますタイプの貧乏神
ギャンブル勝負の貧乏神
キャバクラ通いの貧乏神
ステーキ食べてる貧乏神

俺ら　八百萬《やおよろず》の貧乏神に守られているのか

貧乏神の生きざまは　凄い

恥もない　見栄もない　気配りもない
礼儀もない　仁義もない　倫理もない

——もちろん　売上もない

異星人

個性的なおじさんと遭遇
彼の思考は正に異星人

旅の途中で彼との食事
俺《おい》ら金無し　最低メニュー
彼は　大盛り　最高メニュー

彼に支払う意思はなし
「僕は自分の金と他人の金を区別しないから」
——「う～ん」　異文化交流ままならず

もっと深く知りたい気分
彼は　いつから異星人
俺らは　異星人の故郷へ旅立ち

その星は教えてくれた　真実を

世の中　自分のものは何もない

すべて　地球の借りもの

金も　物も　命も

酩《めい》酊《てい》

３分の１が　俺らで
３分の１が　夢の中で
３分の１が　酒に溶けた理性で

道端に座り込み
酒持って来い　肴《さかな》持って来い　女連れて来い

若きガールフレンド達は　子を見守る　母の眼差《まなざ》しに似て

気がつけば　床《ゆか》の上
100%俺《おい》らの中で　その言葉は心地良い
子守歌を聴くように　何度も何度も
グルグル　グルグル　廻っている

「マスターがさぁ　年をとったらさぁ
エロジジイを守る会　つくろうか」

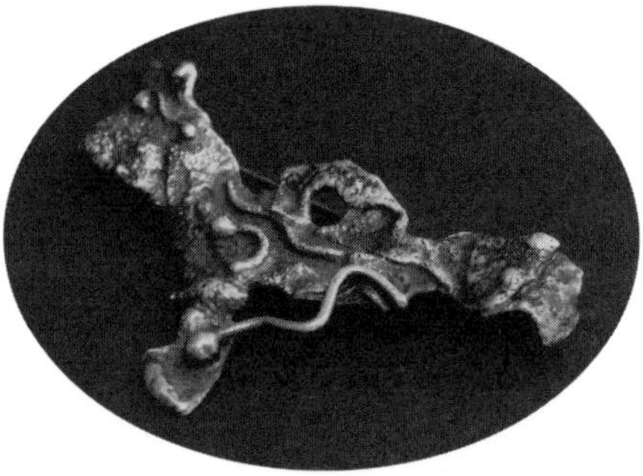

著者作

原石と宝石

原石　磨かれて宝石
宝石　光を受けて輝き
輝き　美しさを感じて成長

綺麗なものを見て　綺麗と感ずるときが幸せ
花でも　夕焼けでも　君の笑顔でも

今日も沢山の原石たちが　コロコロと
今日もいろいろな宝石たちが　キラキラと

原石捜《さが》しは　ウキウキ
宝石との出逢いは　ドキドキ

石と石とがぶつかり合って
丸くなったり　光ったり

俺《おい》らも　磨かれ途中の半原石

今日も　いろいろな宝石たちと　出逢いそう

いい奴

現実という追手から　逃げて逃げて
迷い込んだのは　人生の樹海《じゅかい》

空腹と寂《さみ》しさの中で　彷徨《さまよ》っている彼
塀《へい》の中から　帰ってきた彼

――「いい奴なんだけどなあ」

酒飲み過ぎるなよ　キレるなよ
と言っても響くはずもなし
30年前の俺らと　フィルムを重ね合わせ
子を愛《いと》う父の声に似て

「久しぶりだなあ　まあ座れよ」　「はい」

届かぬ声であれど　俺《おい》ら　願いを込めて
彼よ　立ち向かってくれ
一人で　立ってくれ
一人で　歩いてくれ

ＨＥＬＰ　ＭＥ

鼻唄を口ずさみながら　奴がバイクでやってくる
「コンチワース」が　口癖の奴
透き通っている　奴

山にも　海にも　ネオン街にも奴と出かけ
兄のように　父のように　俺《おい》らを慕う奴

何故　一人ですべてを受け入れてしまうのか
気がつく術《すべ》もない

ときどき思い出す　彼奴《あいつ》の「コンチワース」

今度生まれてくるときは　ひとつだけ
たったひとつだけ　忘れないで欲しい
甘えた声で　この言葉を　「ＨＥＬＰ　ＭＥ」

彼奴が自ら　地に帰った　まだ29歳

道

その道は先しか観えぬ　覚悟道
一人きり立たねばならぬ　自覚道

上に下に　右に左に　前に後に
避けて通れぬ　道選び

迷い　打たれ続け
傷だらけという　勲章を纏《まと》って

幾度となく　道は現われ
気がつけば　50年

真を求め　一歩ずつ地球を踏み締めている
俺《おい》らの道がある

廻り道

真直《まっすぐ》に進めば　近いのに
素直《すなお》に走れば　速いのに
常識のレールに乗れば　楽なのに

何故

道なき道に車を走らせ
橋ある川を泳いで渡り

しかし

廻り道からは　人知れず逞《たくま》しく生きる人達に気づき
脱線からは　心を癒《いや》す仲間がいることを知り

だから

俺《おい》らの語りごとは　雪達磨《ゆきだるま》のように
膨らんだ　失敗と反省

只　50年の物語だけ

あしあと

人生の工事現場へ迷い込み
舗装仕立てに付いた足跡《あしあと》

聖地に足を踏み入れ
怒《どな》られ　殴《なぐ》られ　傷《きず》つけられ
別の道へ行けば　新たな工事現場

迷惑な足跡　汚《きた》ない足跡　歪《ゆが》んだ足跡

生きざまは　失敗と挫折の旅道中

人生の工事現場に迷い込んだ　俺《おい》らの足跡
善は少々　悪は沢山
こんな足跡でも　残していきたい

君は　許してくれるだろうか

風が吹く

一所懸命《いっしょけんめい》生きていると　風が吹くんだよ

そよ風　北風《きたかぜ》　潮風《うしおかぜ》
どんな風だか解《わか》らないけど

俺《おい》らの廻りを　風が吹くんだよ
俺らの髪が　靡《なび》くんだよ
俺らの心が　動くんだよ

一所懸命求めていると
いつか風が吹くもんだね

その一瞬の風にまかせて
仕事も　遊びも　恋も

一直線《いっちょくせん》だよ

雲になりたい

教えて下さい　神様　仏様

何の為に生きるのですか

死とは何処へ行くのですか

模索《もさく》の中　空を仰いでいると
雲が模様を替えながら　地球に浮いている
時の流れに併《あわ》せて　生きている

雲は命を地球に任せて　あるがままに

俺らも　雲になりたい

50年　宇宙に浮いているんだと思ったら
生きて行くのが　少しだけ　楽になりそうだ

今日も　空を仰いでいる俺《おい》らがいる

観つめたら

ロケットは　宇宙

飛行機は　地上

車は　風影

自転車は　囁《ささや》き

歩けば　香り

立ち留まれば　存在

観つめれば　50回地球を廻っていた

辿《たど》り着けば

地球を50回廻って
すべてが解《わか》ったような気になって

月に立って地球を観たら
何も解《わか》っていないことに気づいて

もう一度　地球を廻って
中心へ行きたくなって
どんどん　どんどん進んで行ったら
辿り着くのは　炎の真実

気がつけば　俺ら燃え尽きて
地球の一粒になっていた

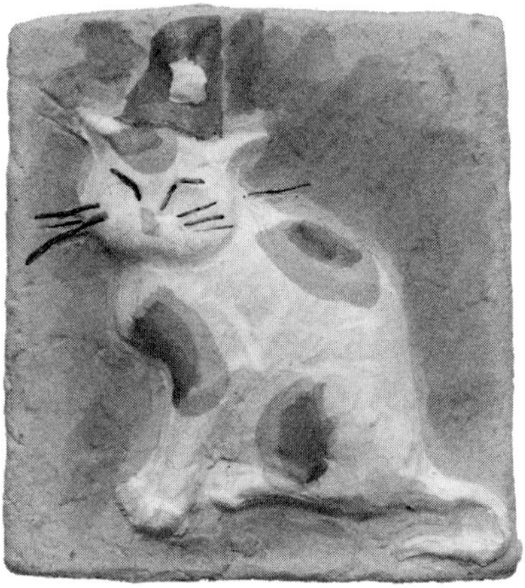

ゆるやかに

走ってきた人生　ある日突然　ひっくりかえる
倒産　破局　事故　病気　突然死
神仏に頼っても運命は変えられない

ならば　急ぐのをやめよう
ならば　ゆるやかに生きよう

木も鉄も人も　ゆるやかに変化し　老いてゆく
そこに変化という　美がある
老いという　成長がある

ゆるやかに　変化し
ゆるやかに　老い
ゆるやかに　成長していこう

ゆるやかは
人生を観させてくれる　萬華鏡

観えてくるもの

遠すぎて　見えず
近すぎて　何だか解らない

明るすぎて　眩《まぶ》しくて見えず
暗すぎて　もちろん見えない

一番近い自分が見えず
遠すぎれば出逢いすらない

擦《す》れ違う一瞬《いっしゅん》のふれあい
地平線に沈む太陽の美しさ

観えてくるもの　それは遠近の間《あいだ》に
明暗の境にあるものだろうか

感ずるもの　それはバランスの中にある
一瞬のシャッターチャンスなのだろうか

今

夢の中では　いつも少年
久しぶりに竹馬の友と出逢う
年輪という鏡に映る俺《おい》らがいる

生きているのに死んでいる人
生きたくても地に帰った人

——天は何故順番を守らないんだ

我身とて明日の朝　目が覚める保証はない
平均寿命を計算したところで

だから今　泣いて　笑って　感じて
ぶっちぎり　完全燃焼だ

不条理なこの娑婆《しゃば》は　俺らの人生問題集

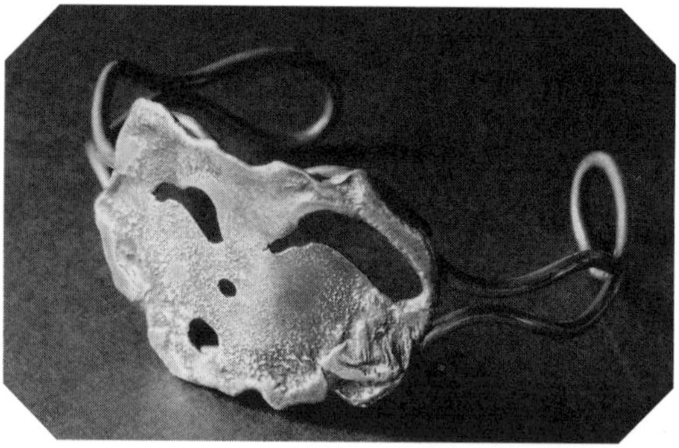

著者作

自分のとき

仕事がない　義務がない　責任がない
家庭もない　友人もない　金もない

多くの妖魔から解き放たれ
辿《たど》り着いたのは　透き通ったこの魂だけ

魂は雲へと同化し
果てしない宇宙へと拡がってゆく

無色透明な俺《おい》らは　現実から解き放たれ
ほんのひとときだけれど

自分が　自分だけの　時がある

自分色の水

50年　ついてしまった俺《おい》らの色
墨《すみ》色　桃《もも》色　狐《きつね》色
自分では　解《わか》らない色　強い色

娑婆《しゃば》で生きるとは
人が和して生きるとは
自分色を失わずに生きるとは

そうだ　水だよ
水に俺らの魂　流し込み
変幻自在《じざい》の　○《まる》　△《さんかく》　□《しかく》

俺らという色　自分色
水に溶け込み　流れに反向《そむ》いて
人生泳いでいる

馬鹿な人

馬鹿だよ　ほんとうに馬鹿だよ

もう少し　ソロバン弾《はじ》けよ
夢や理想だけでは　生きて行けないだろう
綺麗事《きれいごと》では進まないだろう

娑婆《しゃば》は不条理そのものだよ
汚く生きろと　言ってる訳じゃない
理想を求めながら　現実の中で生き続けるんだ
巻き込まれながら　巻き返すんだ

ほんとうに馬鹿だよ
だけど　そんな君を理解してくれる人は
必ずいる　自信を持って生きることさ

俺《おい》ら　そんな不器用な　馬鹿な君が
とても　好きだよ

いい人

人は俺《おい》らを　いい人という
人は俺らを　優しい人という

いつも微笑んで　いつも気配りして
いつも格好つけて

――違うんだよ

いい人　その心地良い言葉に俺らが溶けてゆく
自分色が消えてゆく

いい人は　誤魔化し
もう　いい人はやめよう

俺らの50年
本当の色を知って　好きになって欲しい

ほんの少しの　人でいい

理想の女《ひと》

こうと決めたら　ひとすじに
自分の行動に　逃げ道をつくらず
危険を背負《せお》うて　正に命がけ

損得一切考えず
馬鹿のつくほど正直に
いつも心に忠実で

好きな人の為ならば
どんなことでも喜んで
彼女の色も男の色

逢っても逢っても飽《あ》きない女
そんな女に出逢ったならば

俺《おい》らの魂　預けます

恋

熱き衝動　恋は線香花火のごとく
いつから　どこからやってくる

若き恋は目
突然目の中に飛び込んで
美しい女《ひと》　可愛い女　目からハートへ一直線《いっちょくせん》
そんな燃える恋

大人の恋は耳
子守歌を聴くように　耳の奥深くへ
優しさ　気配り　思いやり
言葉という音楽に乗って
そんな覚《さ》めた恋

大切な恋の耳
どんな素敵な女が　耳元で囁《ささや》くか
俺《おい》らの耳が　何かを感じた時

恋がはじまる

恋の勝負

恋の勝負は真剣勝負

瞳みつめて　魂ぶつけて
感じれば　恋の予感
感じなければ　御縁なし

100万円入れた通帳を
意中の女《ひと》の眼前《がんぜん》へ
「お付き合い下さい」

きっと素敵な女ならば
熱気を感じてくれるだろう
もしも通帳開いたならば　即おさらばだ
100万円はくれてやる

俺《おい》らの勝負は　真剣勝負
男気もって　魂ぶつけに行くからさ

素敵な女よ　待っていてくれ

君

川の土手を歩いている
君も　もう一方の土手を歩いている
川上に向って歩いている

君が　むこうに見えるんだけれど
君の声が　聞こえるんだけれど
君のところへ　行きたいんだけれど

行けない　でも　行きたい

川の水が　無くなるまで歩こうか
君が　舟になるのを祈ろうか
俺《おい》らの心に　羽が生えるまで待とうか

川の水に映った雲を見つめ
立ち留《とど》まっている　俺らがいる

おはよう

おはよう

今日も　いいことあったぞ

え～　　なに～

だから～

おはよう

一　日

おはよう

運が良かった　目が覚めた
朝食の焦《こ》がしたパンも香ばしい
炭状態でも　もちろん食べた

ボッコの車で　何とか店に着くものの
午前のお客は　なかなか来ない
まあいいか　創《つく》る仕事はあるからね

昼飯は350円の給食だ　美味《おい》しい
あ　しまった
揚げものを床へ落としてしまった
もったいないから　そのまま食べた

午後のお客は結構多い
いらっしゃい
声をかけたら　貧乏神さん　天邪鬼さん
遊びに来る人多く　売上にならず
お疲れさん

今日も沢山ドラマが有った
たまには我家で食事をしょう
御馳走様

明夜《みょうや》はあの店　あの娘《こ》を思い
ベッドの上で本を読みつつ　夢の世界へ

感謝　感謝で　おやすみなさい

おじさんと　こどもと　すいか

田舎《いなか》の朝市で　出逢った子供

おじさん　これなに？　大根だよ　ふ～ん
おじさん　これなに？　人参だよ　ふ～ん
おじさん　これなに？　西瓜だよ　ふ～ん

おじさん　このはこのなかは　なに？
――何だと思う？
――すいか

そうだよ　西瓜だよ　西瓜の皮だよ

忘れてしまっていた　大切なもの

今　澄んだ瞳に帰っている　俺《おい》らがいる

取り引きお願いできますか

はじめまして　私　常滑《とこなめ》の中村《なかむら》です
肩書きも　勲章も　地位も　名誉もありません

私の名刺は　この顔だけです
ちょっと古い　名刺です

彼と目線を合わせ　瞳の澄色《すみいろ》を知るために
仮面を外し　遠い未来を夢見る少年のように

――感じた
同じ夢を見たくなった
同じ汽車に乗りたくなった

こんな名刺の私です
ちょっと古い名刺です

取り引きお願いできますか

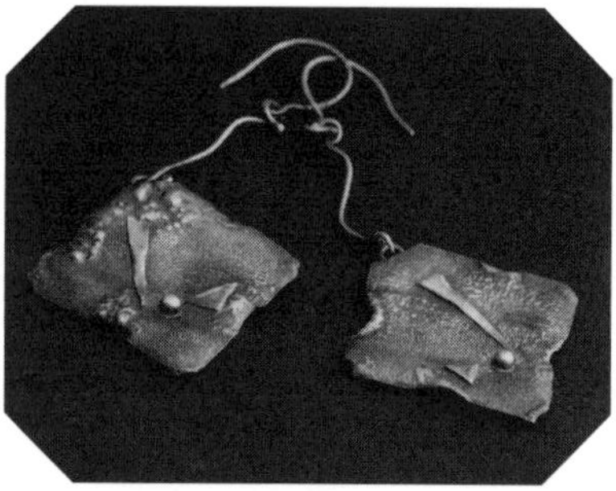

著者作

本日閉店します

いらっしゃい！
どうぞ　ごゆっくり！

何方《どちら》から　おみえになったのですか？

「はい　長野から」

何処《どこ》かの　帰りですか？

「いえ　このＳＨＯＰに来たくて」

もう　それだけで

本日　閉店します

15センチ

夢を　理想を　憧れを

言って　言って　言い続けて

君は　またかと言うだろう
何度も聞いたと言うだろう
もう　わかったと言うだろう

やるぞ　できるぞ　近づくぞ

心の炎が　だんだん　だんだん

だって　俺《おい》らの
言ってる口と　聴いてる耳は　僅《わず》か

15センチ

三人目の声

義務だ　責任だ　約束だ

眠たい　でも　やらなくちゃ
眠たい　でも　行かなくちゃ
眠たい　でも　起きなくちゃ

二人の俺《おい》らが　綱引きしている
二人の俺らが　闘っている

頑張れ　踏んばれ

三人目の俺らが　50回　叫んでいる

真《まこと》

人生右へ左へ　転がして

上から見た人　1と言う
横から見た人　3と言う
横の対目《といめ》は　4と言う
その横からは　2だと言う
そのその対目《といめ》は　5だと言う

真実が知りたくなって　一廻《ひとまわ》り
見えたのは　全部真実

もひとつ　見えない真《まこと》に逢いたくて
も一度　転がし　出た出た　6の真実

今度は　1の真が隠れてしまった

悟《さと》り

悟った　嘘だろう

悟りたくない　駄目だろう

悟りたいけど　悟れない

努力したけど　悟れない

そうだよな　人間だからな

問題ないの歌

零《こぼ》した　問題ない
片づければいいんだよ

汚した　問題ない
洗えばいいんだよ

忘れた　問題ない
謝ればいいんだよ

落ちた　問題ない
選択肢はいろいろあるんだよ

怒られた　問題ない
見捨てられていないんだよ

悪口だ　問題ない
存在感があるんだよ

年とった　問題ない
観えてくるんだよ

頭がわかっているのに　身体がわからない
情けない俺《おい》らが　今この地球に立っている

問題ない

生きているんだよ

50歳の歌

気づけば　50歳
振り向ければ　50歳
まだまだ伸びる　50歳
ますます感じる　50歳
これからもてる　50歳
頼りにされる　50歳
今をときめく　50歳
やる時ゃやるぜ　50歳
自分を観つめる　50歳
今を感謝の　50歳

少年の瞳に帰って　50歳
深き人生　遠い未来を　夢見て　50歳

粋に生きたい　50歳

自分色のすすめ

弓削光彦《ゆげみつひこ》

著者の中村慈男《なかむらよしお》さんは、ギンマジョの店主である。銀の魔女という名にふさわしく銀細工を売っているのだが、どちらかと言えば店主が油を売っているような店である。

そんな気安さから、訪れた客はいつとはなしに話しこみ、ふいと人生の最高機密を告白してしまう。いきおい世間話は人生相談と相成り、椅子を持ち出しての真剣な対話が進行することになる。

中村さんは、他人の人生にあれこれと指図《さしず》する人ではない。ただ懸命に耳を傾け、いかにも思慮深そうな顔をして唸《うな》っているだけである。ところが悩みを抱えた渦中の人には、これがてきめんに効くのである。

友だちがみんな偉くみえて、自分だけがとり残されたように感じられ、郵便ポストが赤いのも電信柱が高いのもみんな私のせいなんです、と思っている最中《さなか》である。自分の悩みを眺《なが》めてくれる人に出会い、嬉しさのあまり脳細胞が雀躍《こおど》りしてしまうのもいたしかたあるまい。

あたかもユンケルを三本ほど一気飲みして、さらにリゲインとリポビタンDを開栓するがごときの昴揚感に包まれて、天下無敵の大魔人に変身してしまうのである。大海原《おおうなばら》を前に立ちすくんでいた船長は、雄々しく汽笛を鳴らして出港し、ありもしない将来性に賭けた若者は、ムシロ旗を立てて旅に出る。

中村さんは微笑《ほほえ》みながら見送ってくれる。船長はとっておきの葉巻に火をつけ、若者は拳で天を突きながら別れを告げる。

そこに何らかの錯覚と、論理の誤謬《ごびゅう》があったことを知るのは、まだ少し先のことである。

かくして中村さんのまわりには、波瀾万丈《はらんばんじょう》、疾風怒濤《しっぷうどとう》、七転八倒《しちてんばっとう》、四面楚歌《しめんそか》、絶対絶命《ぜったいぜつめい》、自業自得《じごうじとく》の人生が集まるのである。なかには行方不明や音信不通になる者もいるが、別に中村さんが悪いわけではない。およそ自分が決めた道なるものは、何かにつけて大変なのである。

世の中は不公平で、おぞましい脈絡に満ちている。努力に応じた評価はなく、優しさにあわせて豊かでもなく、孤独に比して輝くときはあまりにも少ない。

僕は十八年ほど前に初めてギンマジョを訪れた。髭《ひげ》のない中村さんは、店を出したばかりの頃だったろうが、その頃もやはり油を売っていた。ために世間話は人生相談と化した。ほどなくして僕は会社を辞めた。

それからいくつかの職業に就き、幸運にもそれぞれの道で日本の最前線に立つことができた。映像製作ではグランプリを受賞し東京での式典に参列した。心理学の教壇に立ちその活動は教育の専門書に紹介された。何十万部と刷られる週刊誌の写真を撮った——。けれど、非才を補うためには、他人と同じように人生を楽しむことを諦めるよりほかはなく、引換えに失ったおびただしい時間や別れた人の重さは、恐ろしいほど夜ごとに迫ってきた。

疲れ果てて惘然《ぼうぜん》としてある僕を、中村さんは折り折りに食事に連れ出し、ライブハウスで一緒に躍ってくれた。市井《しせい》の哲人たる中村さんは微笑みながら、そして何ごとかつぶやくのである。

たいした話をするわけではない。全くたいした話ではないのだが、聞いていると、ああ、まだ生きていてもいいかな、と思えるから不思議である。

この本は、そんな中村さんの独り言を集めたものである。いわば自分色を探し続ける日記の綴りであろうか。

自分色に生きること——いつのときにも、物語はそこからはじまるのである。人生に遅すぎるという言葉は不用である。

千万人と雖《いえど》もわれ往《ゆ》かん。

(ハードポルノ小説家)

49

中村慈男（なかむらよしお）

1950年常滑《とこなめ》市生まれ
愛知県立常滑高等学校卒
1984年、彫金アクセサリーSHOPギンマジョを開業
オリジナル金銀細工を制作発表して現在に至る
常滑市在住
479-0838　常滑市鯉江本町5-168　ギンマジョ

自分《じぶん》色《いろ》の詩《うた》

中村《なかむら》慈男《よしお》

明窓出版

平成十四年十一月三十日初版発行
発行者 —— 増本 利博
発行所 —— 明窓出版株式会社
〒一六四—〇〇一二
東京都中野区本町六—二七—一三
電話 （〇三）三三八〇—八三〇三
FAX （〇三）三三八〇—六四二四
振替 〇〇一六〇—一—一九二七六六
印刷所 —— モリモト印刷株式会社
落丁・乱丁はお取り替えいたします。
定価は箱に表示してあります。

ISBN4-89634-111-2

ホームページ http://meisou.com Eメール meisou@meisou.com